Rosen zur Erinnerung

D1617658

Julie Landis

Rosen
zur
Erinnerung

AT Verlag

5. Auflage 1990

© *1985*
AT Verlag Aarau/Schweiz

Grafische Gestaltung: Julie Landis, Aarau
Fotos: Jörg Müller, Aarau
Gesamtherstellung:
Grafische Betriebe Aargauer Tagblatt AG, Aarau

Printed in Switzerland

ISBN 3-85502-224-0

Ich danke Jörg Müller und dem Verlag, die die Buchseiten aus meinem Traum Wirklichkeit werden liessen. Julie

O wieviel mehr die Schönheit schön erscheint
durch jenen süssen Schmuck, den Wert ihr webt!
Hold sieht die Rose aus, doch holder meint
man jenen süssen Duft, der in ihr lebt.

William Shakespeare

im Winter

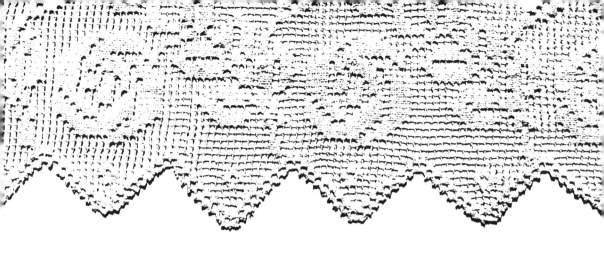

Die Ros ist ohn Warum,
Sie blühet, weil sie blühet,
Sie acht nicht ihrer selbst,
Fragt nicht, ob man sie siehet.

Angelus Silesius

In meiner Erinnerung erblühen
Die Bilder, die längst verwittert –
Was ist in deiner Stimme,
Das mich so tief erschüttert?

Sag nicht, dass du mich liebst!
Ich weiss, das Schönste auf Erden,
Der Frühling und die Liebe,
Es muss zu Schanden werden.

Sag nicht, dass du mich liebst!
Und küsse nur und schweige,
Und lächle, wenn ich morgen dir
Die welken Rosen zeige.

Heinrich Heine

Diese Rose pflück' ich hier
In der fremden Ferne;
Liebes Mädchen, dir, ach, dir
Brächt' ich sie so gerne!

Doch bis ich zu dir mag ziehn
Viele weite Meilen,
Ist die Rose längst dahin,
Denn die Rosen eilen.

Nikolaus Lenau

...arrigouille du

propriété restant au vé...

...ton Zulauf.

—————— Les limites de la parcell...
déjà indiquées par des piquets plan...
que les parties s'engagent à respecter.

—————— Cette parcelle dépendait d'...
...res que M. Pattus avait recueilli dans...
...Madame Emilie Doumergue sa mère...
épouse de M. Venière Pattus, prop...
...rant à Aigues-Vives, où elle est décéd...
...huit du mois d'octobre mil huit...
vingt-deux et dont il fut seul hériti...
—————— Elle est du reste vendue telle q...
...comporte sans aucune exception...
...quitte de toutes impositions jusqu'à...
...toutes dettes, charges, pensions et...
...re de possession et jouissance imm...
—————— La présente vente est consentie...
...le prix de Dix sept cen...
...reconnaît et déclare...
...numéraire de...
...fait quittance...

"J. Pattus

Froh und heiter sei Dein Leben!
Rosen sind auf seiner Bahn.
Ewig Glück soll Dich umschweben
Und kein Unglück sich Dir nahn.

Nichts soll Dir Dein Leben trüben,
Deine Stirn stets heiter sein,
Jedes gute Werk zu üben,
Nenne jede Arbeit klein.

abcdefghiklmnopqrstubw
xyz.1234567890.

A B C D E F
H I K L M
N O P Q R
S T U V W X

Hei Igh
Oelhofen

a rose is a rose is a rose is a rose

Gertrude Stein

Das Unvergängliche,
es ist das ewige Gesetz,
Wonach die Ros' und Lilie blüht.

Goethe

Nachtgeschwätz

Wie geheimes Lispeln
Rieselt's durch die Nacht...
All die Blüten haben
Vor sich hingelacht,
Flüstern sich's einander
Zu im stillen Thal:
Eine Heckenrose
Küsst' der Mondenstrahl.

Franz Evers

im Frühling

Purpurrote Rosen.

Purpurrote Rosen binden
    Möcht' ich mir für meinen Tisch,
Und verloren unter Linden
Irgendwo ein Mädchen finden
Klug und blond und träumerisch.

Möchte seine Hände fassen,
Möchte knieen vor dem Kind
Und den Mund den sehnsuchtsblassen
Mir von Lippen küssen lassen,
Die ein ganzer Frühling sind.

R. M. Rilke.

Ein Rosenkranz ist unser Leben,
Wo Knospe sich an Knospe drängt
Mit süssem Wohlgeruch umgeben.
Doch, ach!
Zu oft mit Dornen untermengt.

Leise zieht durch mein Gemüt
Liebliches Geläute,
Klinge, kleines Frühlingslied,
Kling hinaus ins Weite.

Kling hinaus bis an das Haus,
Wo die Blumen spriessen.
Wenn du eine Rose schaust,
Sag', ich lass sie grüssen.

Heinrich Heine

Oh, wer um alle Rosen wüsste,
Die rings in stillen Gärten stehn –
Oh, wer um alle wüsste, müsste
Wie im Rausch durchs Leben gehn.

Du brichst hinein mit rauhen Sinnen,
Als wie ein Wind in einen Wald –
Und wie ein Duft wehst du von hinnen,
Dir selbst verwandelte Gestalt.

Oh, wer um alle Rosen wüsste,
Die rings in stillen Gärten stehn –
Oh, wer um alle wüsste, müsste
Wie im Rausch durchs Leben gehn.

Christian Morgenstern

Sah ein Knab ein Röslein stehn,
Röslein auf der Heiden,
War so jung und morgenschön
Lief er schnell, es nah zu sehn,
Sah's mit vielen Freuden.
Röslein, Röslein, Röslein rot,
Röslein auf der Heiden.

Knabe sprach: ich breche dich,
Röslein auf der Heiden!
Röslein sprach: ich steche dich,
Dass du ewig denkst an mich,
Und ich will's nicht leiden.
Röslein, Röslein, Röslein rot,
Röslein auf der Heiden.

Und der wilde Knabe brach
's Röslein auf der Heiden;
Röslein wehrte sich und stach,
Half ihm doch kein Weh und Ach,
Musst' es eben leiden.
Röslein, Röslein, Röslein rot,
Röslein auf der Heiden.

Goethe

Jugendliebe

Denkst du an den Sommertag,
Da wir früh uns fanden.
Und allein am grünen Hag
Junge Rosen banden?

Lerchen in der blauen Luft
Sangen ungesehen,
Ferne lag der Morgenduft
Über allen Höhen.

Standen still uns zugewandt,
Mochten träumend scheinen –
Wohl ich fühlte deine Hand
Manchmal in der meinen.

Plötzlich schlugst du auf den Blick,
Alles war gestanden –
Sag, wohin ist Ruh und Glück,
Seit wir dort uns fanden?

Martin Greif

Das macht, es hat die Nachtigall
Die ganze Nacht gesungen;
Da sind von ihrem süssen Hall,
Da sind im Hall und Widerhall
Die Rosen aufgesprungen.

Theodor Storm, aus «Die Nachtigall»

im Sommer

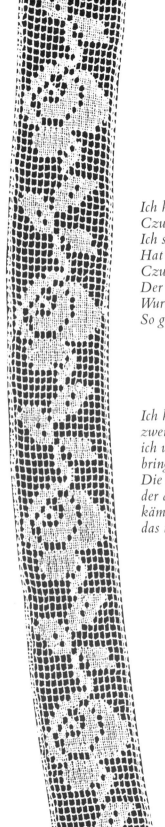

Ich han in ainem garten gesehen
Czwo rosen gar in liechtem schein;
Ich sprich fürwar, ir liechtes prehen
Hat durch frëwt das hercze mein.
Czwo der ain so get ein a:
Der andern hab der mues ich yehen,
Wurd mir von ir ein frewndlich ya,
So geschäch mir wol vnd nymmer we;
      Wurd mir der rosen ein krënczelein,
      Darvnder wurd ich nymmer gro.
      Sy durchfrëwt das hercze mein,
      In irem dinst so pin ich fro.

Ich hab in einem Garten gesehn
zwei zarte Rosen leuchtend schön,
ich weiss fürwahr, ihr heller Glanz
bringt Freude in mein Herz.
Die eine mag ich nicht,
der andern Art gefällt mir wohl;
käm mir von ihr ein freundlich Ja,
das tät mir gut, vertreibt das Leid.
      Bekäm ich aus Rosen ein Kränzelein,
      dann würd ich niemals alt;
      wenn solche Freude mich durchdringt,
      wär es mein höchstes Glück.

Weisst du doch, der Rosenzeit
folgt die Sonnenwende,
und die Liebe lohnt mit Leid
immerdar am Ende.
          Emanuel Geibel

Dass die Rose dir zum Beispiel werde!
Sonne, Tau und süssen Wind von Osten,
Allen Glanz und alles Glück der Erde
Weiss sie frei und unbesorgt zu kosten.
Des Propheten Weisheit braucht sie nicht:
Denn sie lebt ja so, wie jener spricht.

Hafis

Die Jahre vergehen,
das Alter häuft sich,
doch der Anblick der Rosen
befreit mich von allen Sorgen.

Alt-Japanisch

Die Magd

Die Magd schleicht aus dem Hof herbei,
Küsst mich und flüstert heiss: «Im Mai
Wird Gottes Huld sich mir erweisen.» –
Ich spiel mit roten Rosenzweigen.

Sie lacht und singt: «Mein Kind ist schön,
Ich hab es nachts im Traum gesehn!» –
Ich löse nickend von verfrühten
Und wilden Trieben Rosenblüten.

Sie küsst mich heiss und tappt durchs Tor,
Der Regen klirrt wie Glas im Rohr. –
Ich reisse Rinden von den Ruten,
Bis meine kalten Finger bluten.

Bin ohne Liebe, ohne Schuld
Und ohne Schmach und Gottes Huld. –
Im Röhricht schwingen leere Wiegen,
Drin hab ich meine Sehnsucht liegen.

Silja Walter

Des Sommers letzte Rose

Ich sah des Sommers letzte Rose stehn,
Sie war, als ob sie bluten könne, rot;
Da sprach ich schaudernd im Vorübergehn:
So weit im Leben ist zu nah dem Tod.

Es regte sich kein Hauch am heissen Tag;
Nur leise strich ein weisser Schmetterling;
Doch ob auch kaum die Luft sein Flügelschlag
Bewegte, sie empfand es und Verging.

Friedrich Hebbel

Für Caspar aufgeschrieben

Nimm als ein
Saatenfeld
die Zeit,
das Frucht trägt, Rosen,
und auch Leid.

Welken muss die schönste Rose,
auch wenn deine Hand sie bricht.
Doch die Blume wahrer Freundschaft
welke ewig, ewig nicht!

Rosen, Tulpen, Nelken
alle drei verwelken.
Nur die eine welket nicht:
diese heisst Vergissmeinnicht!

AUS LIEBE!

ICH LIEBE DICH SO LANG ICH
WEIS, BIS ROTE ROSEN WEREN
WEISS, BIS WEISSE ROSEN WER-
DEN ROT, ICH LIEBE DICH BIS IN
DEN TOD
                    VON DEINER
              SCHWESTER HANMI

Das Veilchen am Bache
das Röslein am Strauch
sind alle zwei herzig
und Du bist es auch!

Dein Leben sei der Rose
im Tale gleich,
und jeder Deiner Tage
an Freuden reich.

Rosen und Vergissmeinnicht
sind zwei schöne Gaben :
Olga hat sie abgepflückt,
Paula soll sie haben.

Voll Dornen ist der Lebenspfad.
Wer könnt es anders sagen?
Nur lässt zum Glück ihn Gottes Rat
Mitunter Rosen tragen!

Wirst Du
der Amoretten Scherz
In Freundlichkeit bewirthen,
So kränzen sie voll Dank
Dein Herz
Mit Rosen und mit
Myrthen!

Die Rose blüht
Die Dorne sticht,
Die Liebe spricht:
Vergissmeinnicht!

Brich die Rosen, wenn sie blühen!
Morgen ist nicht heut!
Keine Stunde lass entfliehen:
Flüchtig ist die Zeit!

Röschen! unser Schmuck veraltet,
Sturm entblättert dich und mich,
Doch der ew'ge Keim entfaltet
Bald zu neuer Blüte sich.

Hölderlin

...Nimm meine Träne denn zum Schmuck dir in die Gruft,
Den Krug hier voller Milch, den Korb voll Blumenduft,
Dass tot wie lebend du nur Rose seist, nur Rose...

Pierre de Ronsard aus «Die Rose»

Die Nachtigall und die Rose.

Von Oscar Wilde

«Sie sagt, dass sie mit mir tanzen würde, wenn ich ihr rote Rosen brächte!» rief der junge Student. «Aber in meinem ganzen Garten ist keine rote Rose.»

Die Nachtigall hörte ihn aus ihrem Neste in der Steineiche und lugte durch das Blätterwerk und wunderte sich.

«Wirklich keine einzige rote Rose in meinem ganzen Garten!» rief er aus, und seine schönen Augen füllten sich mit Tränen. «Ach, von welchen kleinen Dingen das Glück zuweilen abhängt. Ich habe alles gelesen, was die weisen Männer geschrieben haben, alle Geheimnisse der Philosophie sind mir kund, und weil ich keine rote Rose habe, möchte ich am Leben verzweifeln!»

«Da ist endlich einmal ein treuer Liebhaber», sagte die Nachtigall. «Zur Nacht habe ich von ihm gesungen, obgleich ich ihn nicht kannte. Nacht für Nacht habe ich seine Geschichte den Sternen erzählt, und nun sehe ich ihn endlich einmal von Angesicht. Sein Haar ist dunkel wie die Hyazinthe, und seine Lippen sind rot wie die Rose seiner Sehnsucht. Aber Leidenschaft gab seinem Gesicht die Farbe des bleichen Elfenbeins, und der Kummer drückte ihm sein Siegel auf die Stirn.»

«Der Prinz gibt morgen abend einen Ball», murmelte der junge Student; «und sie, die ich liebe, wird dort sein. Wenn ich ihr eine rote Rose bringe, wird sie mit mir tanzen, bis der Morgen anbricht. Wenn ich ihr eine rote Rose bringe, werde ich sie an meiner Brust halten, und ihre Hand wird in meiner Hand liegen. Aber es gibt keine rote Rose in meinem Garten, und so werde ich einsam sitzen und sie wird an mir vorübergehen. Sie wird sich um mich nicht kümmern, und das Herz wird mir brechen.»

«Das ist wirklich ein treuer Liebhaber», sagte die Nachtigall. «Was ich besinge, leidet er. Was für mich Freude ist, ist für ihn Schmerz.

Es ist wirklich etwas Wundervolles um die Liebe. Liebe ist kostbarer als Smaragd und wertvoller als der feinste Opal. Man kann sie nicht kaufen um Perlen und Granaten, und sie ist auf keinem Markt zu haben. Sie ist bei den Händlern nicht feil, und sie kann auf der Goldwaage nicht gewogen werden.»

«Die Musiker werden auf der Galerie sitzen», sagte der Student, «und sie werden die Saiten ihrer Instrumente streichen und sie, die ich liebe, wird tanzen zum Ton der Harfen und Geigen. Sie wird so leicht tanzen, dass ihre Füsschen kaum den Boden berühren, und die Hofleute in ihren bunten Staatsgewändern werden sie umlagern. Aber mit mir wird sie nicht tanzen, denn ich habe keine rote Rose, um sie ihr zu geben», und er warf sich ins Gras und vergrub sein Gesicht in den Händen und weinte.

«Warum weint er denn?» fragte ein kleines Eidechslein, das mit dem Schwänzlein waagrecht in der Luft vorüberrannte.

«Warum weint er denn?» fragte ein Schmetterling, der hinter einem Sonnenstrahl einherhuschte.

«Warum weint er denn?» flüsterte ein Gänseblümchen mit seiner weichen, tiefen Stimme seinem Nachbar zu. «Er weint um eine rote Rose!» sagte die Nachtigall.

«Um eine rote Rose?» riefen alle, «wie lächerlich!» Und die kleine Eidechse, die ein bisschen zynisch angelegt war, lachte aus vollem Halse.

Aber die Nachtigall verstand den geheimnisvollen Kummer des Studenten und sass schweigend in ihrem Baum und dachte über das Geheimnis der Liebe nach.

Plötzlich breitete sie ihre braunen Flügel aus und erhob sich in die Luft. Sie huschte wie ein Schatten durch den Hain und segelte wie ein Schatten durch den Garten.

In der Mitte des Grasplatzes stand ein schöner Rosenstock, und als sie ihn erblickte, flog sie darauf zu und setzte sich auf einen Zweig.

«Gib mir eine rote Rose», sagte sie, «und ich will dir mein süssestes Lied singen.»

Aber der Strauch schüttelte den Kopf.

«Meine Rosen sind weiss, weiss wie der Schaum des Meeres und weisser als der Schnee auf den Bergen. Aber geh zu meinem Bruder, der drüben um die alte Sonnenuhr wächst, vielleicht gibt dir der, was du wünschest.»

So flog denn die Nachtigall zum Rosenstrauch hinüber, der sich um die alte Sonnenuhr rankte. «Gib mir eine rote Rose», sagte sie, «und ich will dir mein süssestes Lied singen.» Aber der Strauch schüttelte den Kopf.

«Meine Rosen sind gelb», antwortete er, «so gelb wie das Haar des Meermädchens, das auf einem Bernsteinthron sitzt, und gelber als die Narzisse, die auf den Wiesen blüht, bevor der Schnitter mit seiner Sense kommt. Aber geh zu meinem Bruder, der unter dem Fenster des Studenten steht, vielleicht gibt dir der, was du wünschest.»

So flog die Nachtigall zum Rosenstrauch, der unter dem Fenster des Studenten blühte.

«Gib mir eine rote Rose», sagte sie, «und ich werde dir mein süssestes Lied singen.»

Aber der Strauch schüttelte den Kopf.

«Meine Rosen sind rot», sagte er, «so rot wie die Füsse der Taube und roter als die korallenen Fächer, die die Meerflut in tiefster Grotte auf- und niederbewegt. Aber der Winter hat meine Adern erstarrt, und der Frost hat meine Knospen zernagt, und der Sturm hat meine Zweige gebrochen, und so werde ich dieses Jahr keine Rosen mehr tragen.»

«Eine einzige rote Rose ist alles, was ich haben will», sagte die Nachtigall. «Eine einzige rote Rose. Gibt es denn keinen Weg, sie mir zu verschaffen?»

«Es gibt einen Weg», antwortete der Rosenstrauch, «aber er ist so schrecklich, dass ich ihn dir kaum zu nennen wage.»

«Nenn ihn mir nur», sagte die Nachtigall, «ich fürchte mich nicht.»

«Wenn du eine rote Rose haben willst», sagte der Strauch, «so forme sie aus deinen Liedern im Licht des Mondes und färbe sie mit deinem eigenen Herzblut. Du musst mir dein Lied singen, und dir dabei einen Dorn in die Brust drücken. Die ganze Nacht musst du singen für mich, und der Dorn muss dein Herz durchbohren. Und dein Lebensblut muss durch meine Adern fliessen und mein werden.»

«Sterben ist ein hoher Preis für eine rote Rose», rief die Nachtigall, «und das Leben ist allen teuer. Es ist so schön, im grünen Walde zu sitzen und zu sehen, wie die Sonne in goldener Karosse herauffährt und wie der Mond kommt in seiner Perlenkutsche. Süss ist der Duft des Weissdorns und süss sind die Glockenblumen, die heimlich im Tale blühen, und das Heidekraut ist süss, das auf den Hügeln prangt. Aber Liebe ist mehr als Leben, und was ist das Herz eines Vogels im Vergleich zum Herzen eines Menschen?»

Und so breitete sie ihre braunen Flügel zum Fluge aus und erhob sich in die Luft. Sie flog wie ein Schatten durch den Garten und segelte wie ein Schatten durch den Hain.

Der junge Student lag noch immer im Grase, wo sie ihn verlassen hatte, und die Tränen waren in seinen schönen Augen noch immer nicht getrocknet.

«Werde glücklich», rief die Nachtigall, «werde glücklich! Denn du sollst deine rote Rose haben. Ich will sie formen aus meinen Liedern im Licht des Mondes und mit meinem eigenen Herzblut will ich sie färben. Alles, was ich von dir dafür verlange, ist, dass du ein treuer Liebhaber bleibest, denn Liebe ist weiser als Philosophie, so weise diese sein mag, und mächtiger als Kraft, so mächtig diese sein mag. Flammenfarbig sind ihre Flügel und flammenfarbig ist ihr Leib. Ihre Lippen sind süss wie Honig und ihr Atem ist wie der Weihrauch.»

Der Student blickte vom Rasen auf und horchte, aber er konnte nicht verstehen, was ihm die Nachtigall sang, denn er wusste nur die Dinge, die in den Büchern geschrieben stehen.

Aber der Eichbaum verstand jedes Wort und wurde sehr traurig, denn er liebte die kleine Nachtigall, die in seinen Zweigen ihr Nest gebaut hatte.

«Sing mir noch ein letztes Lied», flüsterte er. «Ich werde sehr einsam sein, wenn du fort bist.»

Und die Nachtigall sang dem Eichbaum ein Lied, und ihre Stimme war dem Wasser gleich, das aus einer silbernen Schale sprudelt.

Als sie ihr Lied beendet hatte, stand der Student auf und zog ein Notizbuch und einen Bleistift aus der Tasche.

«Sie hat ihre Kunst», sagte er zu sich selbst, als er aus dem Haine schritt, «das ist unleugbar; aber hat sie auch Gefühl? Ich glaube kaum. Sie gleicht den meisten Künstlern: alles ist Stil, nichts innerliches Gefühl. Sie würde sich für andere nicht aufopfern. Sie denkt ausschliesslich an ihre Musik, und jedermann weiss ja, wie egoistisch die Künstler sind. Aber man muss zugeben, dass sie einige sehr schöne Töne in der Kehle hat. Jammerschade, dass sie keinen tieferen Sinn haben und praktisch nichts bedeuten!» Und er ging in sein Zimmer und legte sich auf sein schmales Bett und begann über seine Liebe nachzudenken; und nach kurzer Zeit schlief er ein.

Und als der Mond am Himmel prangte, flog die Nachtigall zum Rosenstrauch und drückte ihre Brust gegen einen Dorn. Die ganze Nacht sang sie, den Dorn gegen ihre Brust gepresst, und der kalte, kristallene Mond neigte sich herab und hörte zu. Die ganze Nacht sang sie, und der Dorn drang immer tiefer in ihre Brust, und ihr Lebensblut vertröpfelte immer mehr und mehr.

Sie sang zuerst vom Werden und Wachsen der Liebe im Herzen eines Jünglings und eines Mädchens. Und auf dem obersten Zweig des Rosenstrauches entspross eine wunderbare Rose, und Blatt fügte sich an Blatt, wie sich Ton an Ton fügte. Zuerst war sie bleich wie der Nebel, der über dem Flusse dämmert, bleich wie die Füsse des Morgens und silbern wie die Schwingen der Dämmerung. Wie der Schatten einer Rose in einem Silberspiegel, wie der Schatten einer Rose in einem Teich, so war die Rose, die da aufblühte am obersten Zweige des Rosenstrauches.

Aber der Strauch rief der Nachtigall zu, den Dorn tiefer einzudrücken. «Drücke ihn

tiefer, kleine Nachtigall», rief der Strauch, «sonst kommt der Tag, bevor die Rose vollendet ist.»

So drückte die Nachtigall den Dorn tiefer und tiefer in ihre warme Brust, und lauter und lauter erscholl ihr Lied, denn sie sang von dem Erwachen der Leidenschaft in der Seele eines Mannes und einer Jungfrau.

Und ein zartgehauchtes Rot erschien auf den Blättern der Rose, wie sich die Wange des Bräutigams rötet, wenn er die Lippen der Braut küsst. Aber der Dorn hatte ihr Herz noch nicht erreicht, und so blieb das Herz der Rose weiss, denn nur das Herzblut einer Nachtigall färbt das Herz einer Rose mit dem tiefen Rot.

Und der Strauch rief der Nachtigall zu, den Dorn tiefer einzudrücken. «Drück ihn tiefer, kleine Nachtigall», rief der Strauch, «sonst kommt der Tag, bevor die Rose vollendet ist.»

So drückte die Nachtigall den Dorn tiefer in ihre warme Brust, und der Dorn berührte ihr Herz, und sie fühlte den heftigen Stich eines Schmerzes. Der Schmerz war gross, und wilder und wilder wurde ihr Gesang, denn sie sang von der Liebe, die der Tod heiligt, von der Liebe, die auch im Grabe nicht stirbt.

Und die wunderbare Rose wurde rot wie die Rose des östlichen Himmels. Rot war der Kranz ihrer Blätter und rot wie ein Rubin war ihr Herz.

Aber die Stimme der Nachtigall wurde schwächer, und ihre kleinen Flügel begannen zuckend zu schlagen, und über ihre Augen legte sich ein leichter Schleier. Schwächer und schwächer wurde ihr Gesang, und sie fühlte etwas in der Kehle.

Dann brach noch einmal das Lied schluchzend aus ihr hervor. Der weisse Mond hörte es und vergass zu sinken und verweilte am Himmel. Die rote Rose hörte es, und alle ihre Blätter zitterten vor Wonne und öffneten sich der kühlen Morgenluft. Das Echo trug es in seine purpurne Höhle in den Bergen und weckte die schlafenden Schäfer aus ihren Träumen. Das Lied zitterte durch das Schilf am Ufer, und das Schilf gab die Botschaft weiter bis ans Meer.

«Schau, schau», rief der Strauch, «jetzt ist

die Rose vollendet.» Aber die Nachtigall gab keine Antwort, denn sie lag tot im hohen Grase mit dem Dorn in ihrem Herzen.

Um Mittag öffnete der Student sein Fenster und schaute hinaus.

«Welch ein seltsames Glück», rief er, «da ist ja eine rote Rose. Ich habe in meinem ganzen Leben keine ähnliche Rose gesehen. Sie ist so schön, dass sie sicher einen langen lateinischen Namen hat.» Und er lehnte sich zum Fenster hinaus und pflückte sie.

Dann setzte er sich den Hut auf und rannte hinüber zum Hause des Professors, mit der Rose in der Hand.

Des Professors Töchterlein sass im Torweg und haspelte blaue Seide auf eine Spule, und ihr kleiner Hund lag ihr zu Füssen.

«Sie sagten mir, dass Sie mit mir tanzen würden, wenn ich Ihnen eine rote Rose brächte», sagte der Student. «Hier ist die schönste rote Rose der ganzen Welt. Sie werden sie heute nacht an Ihrem Herzen tragen, und wenn wir zusammen tanzen, wird sie Ihnen sagen, wie sehr ich Sie liebe.»

Aber das junge Mädchen kräuselte den Mund. «Ich glaube nicht, dass die Rose zu meinem Kleide passen wird», antwortete sie. «Und überdies hat mir der Neffe des Kammer-herrn echte Juwelen geschickt, und jedermann weiss, dass Juwelen mehr wert sind als Blumen.»

«Sie sind wirklich höchst undankbar», sagte der Student gereizt und warf die Rose auf die Strasse, wo sie in die Gosse fiel und von einem Karren überfahren wurde.

«Undankbar?» sagte das Mädchen. «Sie betragen sich wirklich recht ungezogen, mein Herr. Und überdies, wer sind Sie denn eigentlich? Nur ein Student. Ich glaube nicht einmal, dass Sie silberne Schnallen an Ihren Schuhen haben wie der Neffe des Kammerherrn.» Und sie stand von ihrem Stuhle auf und ging ins Haus.

«Liebe ist doch etwas recht Dummes», sagte der Student, als er heimging. «Sie ist nicht halb so viel nütze als die Logik, denn sie beweist nichts und erzählt einem immer nur von Dingen, die doch nicht eintreffen, und macht einen immer nur an Dinge glauben, die doch nicht wahr sind. Sie ist wirklich sehr unpraktisch, und heutzutage ist praktisch sein die Hauptsache. Da kehre ich doch lieber wieder zur Philosophie zurück und studiere Metaphysik.» So ging er denn auf sein Zimmer und suchte ein dickes, staubiges Buch hervor und begann zu lesen.

Abschied

Des grossen Stromes Wasser
         strömen hin,
Unendlich wie Gedanken,
         da du fortgehst.
Bedauern es die Rosen,
         wenn sie fallen?
Den Grund berühren sie
         ganz ohne Laut.

              chinesischer Dichter

für Anna Annette Annamaria Arlette Ad
Brigitte Beth Barbara für Corinna Clau
Caroline Cécile Carina Claire für Do
für Elisabeth Eveline Edith Erla E
Fränzi für Germaine Gabi Hanni
Isabella Irma Ingrid Johanna Jeanne
für Lysel Leslie Laeticia Lilly Luci
Meret Martina Mädi Monika Madeleine
Magdalena Marjetta Marianne Martha Mirt
Maria für Nelly Nora Nadine Nicol
Prisca Patricia für Rosalie Rosi
für Silja Sabina Susi Sonja Silvia
Theres Trudi für Ursula Vreni Vero